-작가의 머리말-

합법적인 살인이 허용되는 순간, 우리는 적을 향해 방아쇠를 당긴다. 그것은 군인의 임무이고, 전쟁이라는 이름 아래 허용된 의무다.
아군을 지키기 위해 적을 죽이는 것, 그것은 '전쟁'이라는 이름으로 정당하게 포장된다.
하지만 만약, 그러한 합법적 살인이 필요한 사회 자체를 피할 수 있다면?
총을 들어야 하는 상황까지 가지 않도록 막을 수 있다면? 돌풍치는 충돌, 전쟁의 시작점에 다다르기 전에, 더 나은 길이 있었다면?

전쟁을 막는 것이야말로 진짜로 이기는 일 아닐까? 폭력이 아닌, 생명을 지키면서 이길 방법은 없을까..

평화를 말하는 사람은 때론 나약한 이로 비쳐진다.
"겁쟁이다", "중립이라는 이름의 배신자다", "아군의 편에 서기를 망설이는 게으른 자다."

그러나 '평화'를 지키는 것도 싸움이다. 단지 총을 들지 않았을 뿐, 몸과 마음을 내던져 맞서는 고된 투쟁이다.
그 싸움은 더 고독하며 무기를 드는 것보다 더 큰 용기를 필요로 하지만 모두를 살린다.

전쟁은 우발적으로도 일어난다. 하지만 결코 쉽게 끝나지 않는다.
전쟁, 그 속에는 수많은 이름 없는 죽음이 있고, 살아남은 자들에게는 끝내 치유되지 않는 상흔이 있다.

전쟁이 끝나고 돌아온 이에게 "무엇을 얻었는가?" 묻는다면 그는 아마 이렇게 말할 것이다.
"가족의 소중함을, 평범했던 하루가 얼마나 귀했는지를..사랑이란, 평화란 얼마나 위대한 것인지, 이제야 깨달았습니다."
그 깨달음이 오기까지, 얼마나 많은 피와 눈물이 흘러야 했는가..

전쟁이 끝난 후 마침내 모든 이들은 협상 테이블에 앉는다.
모두가 지치고, 모두가 잃었을 때 비로소 '합의'라는 이름의 종이 한 장에 도장을 찍는다.
그리고 누군가는 외친다. "우리가 이겼다!"
하지만 정말 이긴 걸까? 전쟁이 남긴 건 무너진 마음들과 되돌릴 수 없는 상실일지도 모른다.
잃어버린 나의 형제, 자매, 부모, 이웃. 내 손에 죽어간 또래 병사들의 울부짖음과 죽음.
전쟁 후에 남는 건 승리의 깃발이 아니라 폐허 위에 남겨진 슬픔이고, 서로를 미워했던 기억이고, 그리고 뒤늦은 후회다.
전쟁은 불가피하다고 말하는 사람들조차, 그 전쟁을 겪은 후에는 이렇게 말하곤 한다.

"전쟁은 두 번 다시 반복되어선 안 된다."

그러니 외쳐야 한다. 아직 늦지 않았을 때, 무기를 들기 전에, 먼저 손을 내밀자고. 먼저 멈추자고.
진짜 강함은 전쟁을 이기는 데 있지 않다. 전쟁을 막는 데 있다.
피를 흘리지 않고 평화를 지켜내는 것이 가장 위대한 승리다.

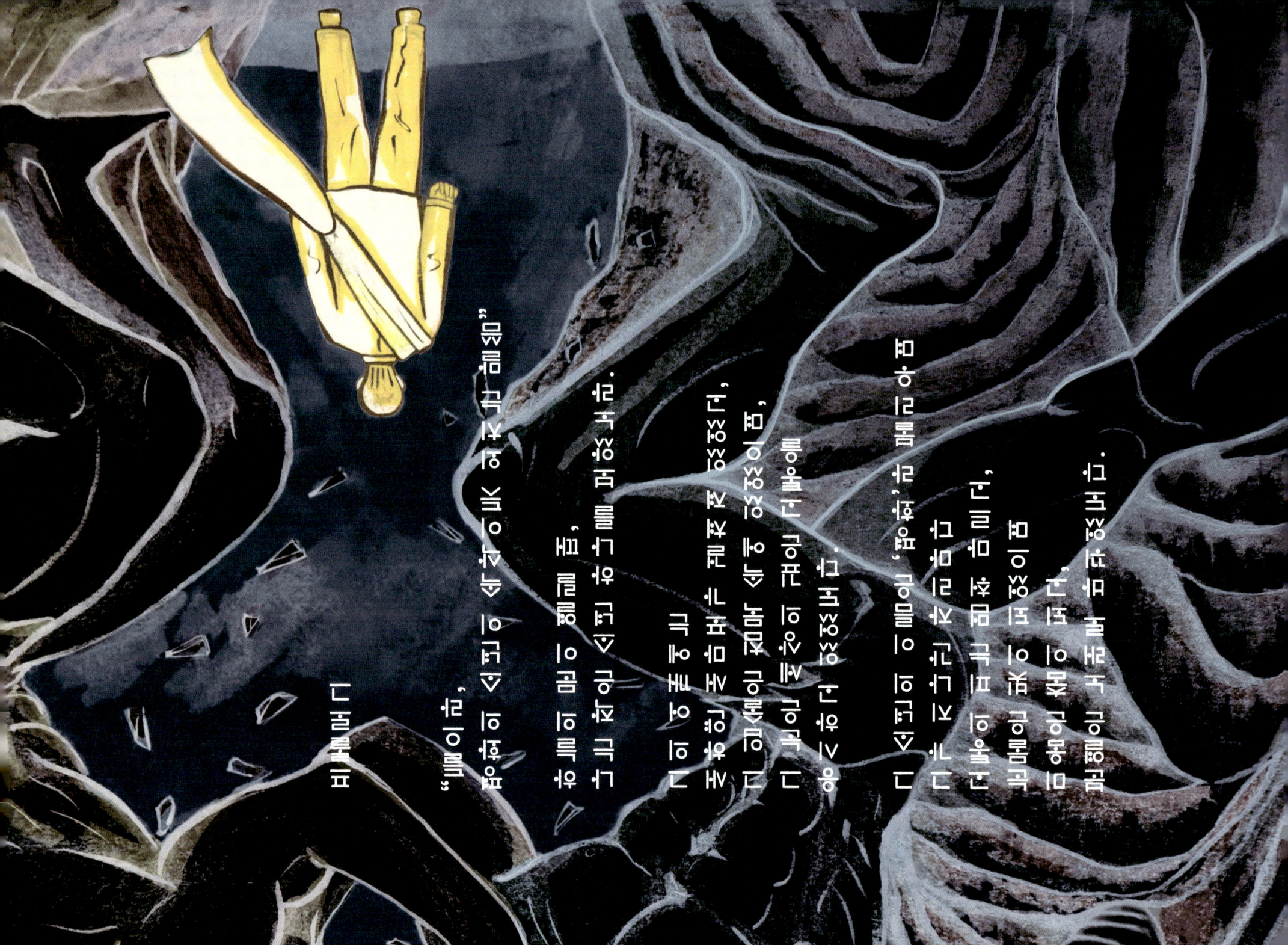

이 책은 그 소년의 이야기이자,
우리 모두의 오래된 이야기요,
다시 돌아올 하나님의 약속이며
통일을 향한 예언의 노래니라.

분열의 시대를 지나고 있는 자들이여,
들으라.
전쟁과 대립 속에서
사랑과 회복의 길을 찾고 있는 자들이여,
마음을 열고 들으라.

이 책은 꿈이 아니다.
이것은 오랜 슬픔 위에 세워진
하늘의 메시지요,
작은 한 사람의 붓끝에서 시작된
평화를 향한 소명이니라.

이제,
너의 마음도 그 소년의 손을 잡아
그와 함께 걸어가기를…
하늘과 땅이 만나는 그 자리까지.

"통일"이라 불리는 땅의 새벽까지.

그리고 동이 터오르고 그 너머에 있는
찬란한 새 하늘과 새 땅을 만나
약속을 이룩하게 될 그 날까지.

두 산이 움직였고 그 안에서 거인이 깨어났도다.

그들의 왕관은 뿔처럼 날카로웠고,
그들의 몸은 바위처럼 단단하였으며,
그들의 싸움은 땅을 갈라놓고,
하늘을 뒤흔들만큼 거대했도다.

바위산과 바위산이 충돌하니
불꽃과 함께 파편이 튀었더라.
하늘도 붉게 물들었더라.

그곳에서
한 소년이 거인 둘을 보았더라.

소년이 전쟁의 심장 한가운데에
말없이 선 날,
그는 검도 방패도 없이,
그저 말씀 하나를 가슴에 품고 서 있었도다.

그의 두 눈은 두려움이 아닌
평화를 확신하며 불타고 있었도다.

붉은 거인과 푸른 거인의
몸에 새겨진 병사들.
함성과 고함이 섞이며
싸워 나갔더라.

두려움과 공포, 불타는 전의, 분노,
살기 위한 몸부림과 살기어린 눈빛.
무너질 수 없다는 절박한 외침.
자비도 물러섬도 없는 싸움.

심장을 꿰뚫는 주먹을
온 몸으로 맞받아 쓰우니,
어둠속에서 폭발음과 함께
불꽃이 일었더라.

곳곳에서
죽음의 비명소리가
끊임이 없었더라.

그들의 싸움은 불 같았고,
피와 땀이 온 땅에 튀었더라.

붉은 피와 푸른 피
그것은 왕들의 것이 아니었고,
붉은 땀과 푸른 땀
그 또한 봉사들의 것이었으리라.

거인의 주먹이 부딪칠 때마다
수많은 발자국들이 진흙으로 꺼졌고,
그들의 심장이 뛰는 소리 뒤로
아이의 울음, 어미의 절규가 졌었으니
이는 역사의 피비린내의 반복이도다.

그들의 왕관은 칼보다 무거운 죄의 상징.
그들의 몸은 산처럼 거대했으나,
한 줌의 평화는 없었더라.
땅은 더 이상 피를 머금을 수 없어
붉고 푸른 진물을 토해내느니라.

거인의 피는 죄였고, 그 땀은
침묵 속에서 죽어간 자들의 울음이었다.

두 거인의 몸에서
수많은 병사들이 흘러 나왔도다.
그들은 거인의 살에서 태어난 자들이요,
왕관의 의지로 움직이는 그림자들이었도다.

그들은 훈련을 받았고,
날개를 펼치며 하늘을 향해
힘차게 솟구쳤으나 곧 떨어지더라.

하늘은 그들을 품지 않았고, 땅은 그들을
안아 주지 않았으며, 그들의 비행은 단지
더 높은 추락일 뿐이었도다.

그들이 떨어진 그곳엔
불이 있었고, 연기가 있었고,
눈물이 있었으니 두 거인의 싸움은
천지를 진동하게 하였고, 그 땅을 밟은
자들의 영혼은 큰 소리로 울부짖었도다.

그러나 그들의 외침은 들리지 않았으니,
거인은 아픔을 들을 귀가 없고
마음이 없었음이더라.

거인의 피와 땀은 단지 액체가 아니었도다.
그것은 찢기고, 뚫리고, 부서진 병사들의
몸이었고, 그것은 두 왕의 싸움에 담보된
수많은 영혼들의 고통이었더라.

푸른 거인의 어깨에서, 붉은 거인의 가슴에서
병사들이 흘러나왔으니 그들은
거인의 살로 이루어진 피요,
거인의 뼈로 이루어진 땀이었도다.

검에 찔린 채로, 총에 꿰인 채로, 그들은
무자비하게 떨어졌고, 땅은 그들을 안아줄
준비조차 되어있지 않았으니 그들은
흩어지고, 부서지고, 지워졌더라.
왕의 주먹 하나에 병사 천 명이 찢겼고,
그들의 피는 잊혔도다.

이것이 거인의 힘이었고,
왕관의 대가였으며, 전쟁의 진실이었도다.

아무도 그들의 이름을 부르지 않았으니
그들은 그냥, 거인의 피였도다.

때가 더욱 악하여 거인은 짐승이 되었더라.

푸른 짐승과 붉은 짐승은 왕의 모습을 한 채, 서로의 살을 물고 찢으며 그 이빨로 나라를 삼키고 그 발로 백성을 짓밟았더라.

그들의 왕관은 영광의 관이 아닌 병사들이 사방에 매달린 무기고였으며, 그들 안에서 병사들은 총을 쏘았고 그들 어깨에선 헬기가 날아올랐으며 그들 가슴 위에선 탱크가 포를 쏘았더라. 짐승의 눈은 피로 가득하고, 짐승의 입은 진실을 먹지 않았으며, 그들이 토해낸 것은 죽음뿐이었더라.

하늘과 땅이 그들을 더 이상 사람이라 부르지 못하였으니, 이는 그들이 짐승보다도 더 잔인하였음이라.

왕은 사라지고, 짐승이 앉았으며, 짐승의 울음소리는 백성의 비명과 같았더라.

"평화"라 하는 이름의 소년.
소년의 이름은 "평화"더라.

평화 옆으로 부상당한 푸른 봉사와
붉은 봉사가 툭툭 떨어졌더라.
신음하며 땅에 누워있는 봉사는
그 수가 셀 수 없이 많더라.

그 누구도 그 수를 셀 수 없었으며,
땅은 그들의 무덤이 되니라.

봉사들은 떨어지며 부서졌고, 쇠러졌고,
신음했더라.
푸른 피, 붉은 피가 그들의 옷을 적시고,
온 땅을 물들였으며
피비린내가 진동하더라.

소년은 그 어떤 말도 하지 않았으되,
그의 침묵은 통곡보다 더 깊었더라.
하늘에는 슬픔과 탄식이
가득했음이라.

푸른 뽕사의 머리에는 총알이
깊이 박혀 있어, 골수가 피와 뒤섞여
흘러나오며 땅을 검붉게 물들였더라.
소년, "평화"라 불리는 이는
자신의 세마포를 상처 위에 가져다 대며,
피를 닦고는 조용히 입을 열었도다.
"상처는 지나가리니, 너는 다시 살아나리라."
신음하는 뽕사의 눈빛엔
그의 눈동자엔 살고자 하는 의지가
살아났더라.
하늘에서는 여전히 푸른 별들과
절박함과 감사함이 뒤섞여 있었고,
붉은 별들이 떨어지고 있었으나,
소년의 세마포는 찢어지지 않았고,
소년의 말은 그 누구도 막지 못하였더라.
"살아나리라"는 말씀은 땅을 뚫고
생명으로 솟을 씨앗이 되었더라.

또 소년은 붉은 뱀사 옆에 조용히 다가가 앉았더라.

그의 얼굴엔 슬픔과 연민이 흐르고, 그의 손은 다정하고도 신중하게 뱀사의 찢긴 다리 위에 놓였더라.

하늘에는 피로 물든 낙엽이, 붉은 조각들이 흩날렸고, 대지는 뱀사의 고통으로 깊이 떨려왔더라.

소년은 조용히 속삭였더라.

"두려워 말라. 내가 너를 일으키리라."

그 말은 불안한 심장을 잠잠케 하는 물결 같았고, 고통의 심연에 스미는 따뜻한 빛과 같았더라.

그러나 붉은 뱀사의 얼굴은 여전히 고통으로 일그러졌고, 그의 몸은 말없이 떨리었더라.

소년에게 치료받은 병사들은
빛 아래 머리를 맞대고 말없이 앉아 있더라.
이제는 서로를 겨누던 총을
조용히 옆에 내려놓고,
서로의 손을 꼭 잡았더라.
그 손에서 전해지는 온기와 떨림은
총보다 전쟁보다 강력하더라.

그들이 흘리는 눈물은
소리없는 언어였으며,
그 어떤것보다 진실한 고백이었더라.

그 눈물은 과거의 상처를 씻는 눈물,
용서와 회복을 주는 눈물,
그리하여 함께 내일을 그리는
약속의 눈물이더라.

그 빛나는 눈물의 자리엔
평화의 숨결이 감돌았고,
소년의 따스한 손길이
멀리서도 느껴지더라.

그들은 말하였도다.

"우리는 이제 싸우지 아니하리라.
용서하자, 형제여."

빨간 병사와 파란 병사는 약속하였다.
한참 동안 둘은 손을 꼭 잡았다.
절대 약속을 깨지 않으리라 다짐하고
또 다짐하면서 손을 꼭 잡았더라.

두 손이 맞닿은 그곳엔
무겁던 증오도, 깊던 상처도 잠잠히
사라졌고, 오직 따뜻한 약속만이
조용히 피어나더라.

그 말은 전쟁의 끝이었고,
또 하나의 시작이었더라.

손을 맞잡은 두 병사 사이에서
황금빛 햇살이 퍼져 나갔고,
그 빛은 두 마음이 하나 되었음을
온 세상에 전하였도다.

붙잡았던 두 병사의 손에
기쁨이 스며들자,
그들의 굳어 있던 다리도
자연스레 풀리어
새 힘이 솟아났더라.

처음엔 조심스레,
이내 경쾌하게
둘은 돌고 또 돌며 춤을 추었고,
그 춤은 전쟁의 굴레를 벗어나는
해방의 노래 같았더라.

빨갛고 파란 병사의 웃음은
바람을 타고 높이 퍼져나가
하늘도 그 미소에 함께 웃었고
땅은 숨죽인듯 고요히 떨리며
따스한 기쁨을 품었더라.

그들의 춤은
약속의 기쁨,
용서의 감격이었더라.

두 병사가 서로를 마주보았도다.
그들은 한때, 서로를 향해 총을 들고
서로의 이름조차 미워하던 자들이었고,
그들은 총이 아닌 손을 내밀었으나,

그 손이 맞닿자, 그들의 옷은
바람처럼 부드러워지고,
그들의 군복은 바람에 닿아 변하였더라.
옷자락은 마치 하늘의 실로 짠
비단 같았더라.

빛은 그들 주위를 감싸안으며
춤의 리듬으로 흐르기 시작했으니
전쟁은 그들의 몸에서 흘러나가고,
감사가 그들에게 들어갔도다.

그들은 더 이상 적이 아닌,
서로를 치유하는 형제였도다.

"총을 버리고 손을 내민 날,
그들의 옷은 꽃잎이 되었고,
그들의 발은 춤을 알게 되었다."

그들의 군복은 더 이상 싸움을 기억하지 않았고, 부드러운 비단결 같은 한복으로 화사하게 피어났더라.

붉게 타고 파랗게 질리던 얼굴도 미소가 자리잡은 순수한 소녀의 얼굴이 되었더라.

두 사람의 눈동자에는 서로를 향한 믿음과 포근한 빛이 깃들었더라.

그들 안에는 억눌렸던 고통도, 불꽃 같던 분노도 자취 없이 사라졌더라.

남은 것은 사랑과 우애를 안고 춤추는 새로운 존재의 아름다움이었더라.

치유받은 병사들이
점점 그 수가 많아지니라.
한 두 명의 병사는
수 천 수 만이 되니라.
싸움을 멈춘 그들은 곧
평화의 군대니라.

그들 앞에는 "평화"라 하는
이름의 소년이 서 있었더라.

칼을 든 자는 칼을 내려놓고
두려운 자는 옆의 병사의 손을 맞잡았도다.
소년은 두 무리를 하나로 감쌌더라.

소년의 세마포는
병사들을 치료하며 닦아낸 피로
붉게 물들어 있더라.

그의 입술에서 나온 말은
칼이 아니되 칼보다 날카로웠으며
그의 눈은 불이 아니되 불보다 뜨거웠도다.

소년은 외쳤더라.

"오! 너희 거인들아! 싸움을 멈추라!
이제는 평화의 때이니라!"

소년의 입에서 번개 같은 말씀이
불꽃처럼 튀어 나오고, 그 말은 칼이 되어
허공을 가르더라. 그 불은 힘이 있고
그 칼은 날렵하여 예리했더라.

그는 손에 무기를 들지 않았으나,
그가 말하였을 때, 하늘이 울리고
땅이 귀를 기울였으며
어둠의 권세는 움찔하며 물러났더라.

그의 입술에는 심판이 있었고,
그의 혀끝에는 빛나는 진리가 있었더라.

그가 외친 '평화'는
누구도 거스를 수 없는 명령이었고,
역사의 흐름을 바꾸는 불의 검이었더라.

소년의 입에서 불꽃처럼 터져 나온 평화의 검.

그것은 피를 흘리게 하는 무기가 아닌 진실의 불, 사랑의 언어, 세상의 모든 고통을 껴안은 빛의 외침이더라.

그 검이 거인의 왕관을 향해 날아들었을 때 세상을 지배하던 위선의 상징이 파열음을 내며 부숴졌더라.

"쨍─!"

그것은 두 거인의 왕관을 명중하며 찔렀더라.
영원할 것 같던 왕관은 순간 깨졌더라.
거인은 움찔하며
입을 벌리고 눈을 치켜뜨며 놀라더라.
거인들은 처음으로 심장 깊숙한 곳을 벼락같은 빛으로 찔리며 두려움을 느꼈더라.

그 왕관은 장식이 아니었고
전쟁을 명령했던
권위였었노라.
공포를 뿌리던
철의 족쇄였었노라.

왕관이 갈라질 때,
그 안에 결박되어 있던 병사들이
물밀듯이 흘러 나왔더라.

기계처럼 움직이던 그들은
갑갑하게 조이던 왕관에서 벗어나자
자유와 해방을 외치었더라.

거인은 무너졌지만
병사들은 자기 자신을
되찾았더라.

왕관은 깨졌지만
수많은 마음들은
풀려났더라.

거인의 몸은 더 이상
바위처럼 단단하지 않았더라.

거대했던 몸뚱이는 순식간에
수 없이 많은 방울방울 거품으로
변하여 흩어지니라.

그 거품들은 잠시
빛을 머금어 반짝였으나,
곧 허공 속으로 사라져
아무것도 남기지 않았도다.

한때 위엄을 자랑하던
거인의 형상은 소리없이 부서졌고,
그들이 쌓아 올렸던 높고 견고했던 성도
허망하게 무너져 내려,
거품과 함께
옛 영광이 되었더라.

거인의 권세가 무너지는 날,
진리 앞에 교만의 그림자가
무너지니라.

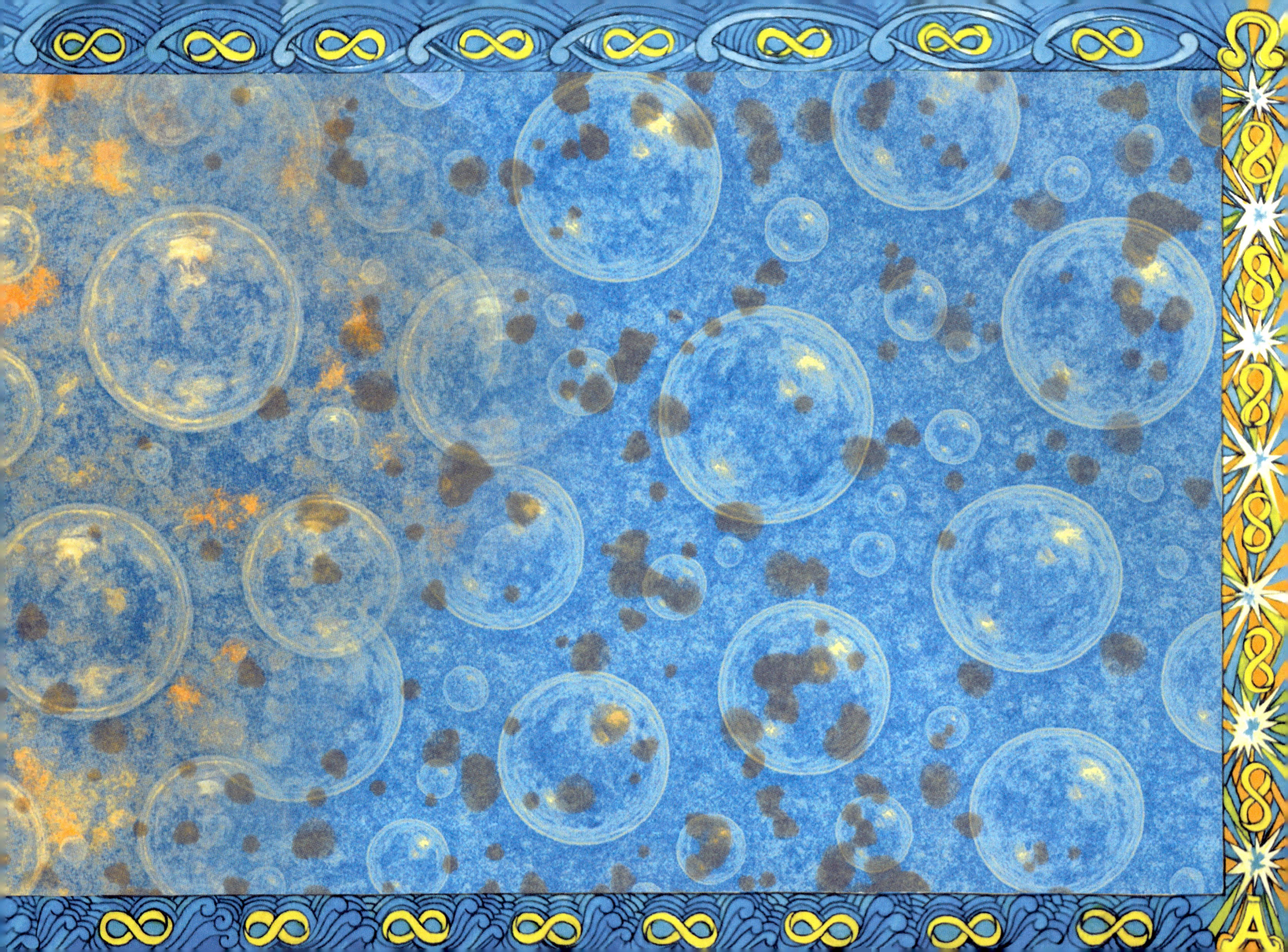

이윽고 두 거인은
어린아이로 변하였더라.

한동안 빨간 거품과 파란 거품은
격렬히 싸우고자 했지만
곧 사그라 들었더라.

한때 온 세상을 흔들던 분노는
작은 몸짓 안에서 꺼져가고 있었고,
두 거인의 격렬했던 울음은
아이들의 티격태격으로
바뀌었더라.

여전히 그들의 눈엔
분노와 슬픔이 뒤엉켜 있었고
몸엔 깊은 상처의 찢김이
가득했더라.

그 싸움은 더이상
거인의 전쟁이 아닌,
치유받지 못한
아이들의 울부짖음이었도다.

거인은 어느새 아이가 되어버린 줄도 모른 채 영전히 싸우고 있었더라.
그러다 멀리서 들려오는 소리에 싸움을 멈추었더라. 그 소리는 귀와 마음을 울리는 천사들의 노래 같았더라.
소리가 들려오는 곳을 바라보니 그곳에는 환한 빛이 맴돌고, 빛 안에서는 곱디고운 한복을 입은 소녀들이 둥글게 원을 그리며 춤을 추고 있었도다.
강강수월래— 그 환상의 춤은 하늘을 향해 돌고 있었고, 그들의 노래와 웃음은 무지개처럼 퍼져나갔더라.
그 모습을 바라보던 두 아이는 싸움도 잊은 채 작은 숨을 내쉬고 말하였더라. "아름답다…"
그 말 한마디에는 거짓이 없었더라. 그 순간, 그들의 눈동자에도 빛이 깃들었더라.

소년은 두 손을 내밀어,
붉고 푸른 아이를 팔 안에 감싸 안으며
부드럽게 말하였더라.

"이제 저들이 춤추는 곳으로 나와 함께 가자.
저곳은 미움도 상처도 없느니라."

불타는 분노로 달아오르던 붉은 아이와
서늘한 분노에 얼어붙었던 푸른 아이는
평화 앞에 우뚝커니 서 있더라.

소년의 미소는 따뜻한 바람이 되어
전쟁의 잔열을 식히고, 그의 흩날리는
옷자락은 마치 희망의 깃발같았더라.

두 아이의 눈동자에도
따뜻한 빛이 스며들고,
그 빛은 그들의 마음을 밝혀
서로를 향한 깊은 기억을 되살려 주었도다.

그들은 원래부터 형제였음을,
오해와 분열로 싸웠음을.

소년은 두 아이의 손을 꼭 잡았더라.
오른손엔 분노로 거칠게 굳어 있던
붉은 손을, 왼손엔 외로움으로 식어 있던
푸른 손을.

파란 아이는 마음속으로 생각하며
조용히 안도하였더라.
'싸움이 멈춰서 다행이야…'
붉은 아이는 속으로 웃으며 생각하더라.
'저기 가면 행복할 거야!'
두 눈엔 기대가 가득했더라.

소년의 세마포는 날개처럼 퍼져나가
두 아이를 감쌌더라.
서로를 바라보고 웃었으며,
소년은 그 모습을 보면서 말없이 따뜻한
미소를 지었더라. 그 미소는 평화였고,
그 평화는 온 땅에 잔잔히 번져
전쟁의 그림자를 지워가고 있었더라.

분열을 상징하던
붉은 아이와 푸른 아이는
서로의 손을 꼭 잡았고,
그 중심에는 소년이 있었더라.

더는 편도, 뼉도, 전쟁도 없었으며
모두가 흥에 겨워 기쁨이 충만해지니
평화는 하늘로 들려 올랐더라.

사람들은 빛을 중심으로
원을 이루어 춤추며
하늘과 땅의 경계를 녹였으며
세상은 더 이상 나뉘지 않았더라.

그 원은 사랑의 울타리였고,
그 춤은 화해의 기쁨, 그리고 서로를 향한
찬란한 포옹이었더라.

과거의 상처는 저 멀리 스러지고
지금 이 순간, 모든 존재는
하나의 숨결과 하나의 노래로
아름답게 이어져 있었더라.

큰 원에서 사랑의 바람이 불고
감격의 돌풍이 일었더라.

그것은 대지를 덮는
큰 태극이 되었더라.

그 돌풍 끝에 하늘빛 불빛 물빛 꽃잎같은
형형색색의 존재들이 손을 맞잡고
거대한 원을 그리며 하나로 춤추더라.

그들은 다르지만 함께였더라.
다채로운 빛깔은 조화를 이루어
에너지를 모으고
태극의 중심으로 흐르더라.

손과 손, 마음과 마음이 엮이어 노래하니
우주의 모든 생명은 숨을 쉬며
평화를 느꼈더라.
이것은 춤이 아닌 진리의 리듬이자
영원한 순환이니라.

태극은 땅과 하늘을 연결할 시작점이 되니라.

태극의 회오리 중심에서
고요한 기운이 진동하더라.
빛이 뿜어져 나오고
하늘 아래에서 가장 오래된 형상이
천천히 그러나 분명히 형체를 갖추었도다.
그것은 번갯빛처럼 빠르고
천둥처럼 웅장하게
솟아올랐더라.
하늘과 땅 사이에
길을 내는 자요,
순환 속에 깨어난 이.
예언의 문을 여는 존재라.
이 용은 파괴를 위해 난 것이 아니요,
질서와 부활, 숨겨진 진리의 수호자니라.
용은 천둥같은 소리를 내며
하늘로 거침없이 오르더라.

모든것이 잠잠해지고 빛과 어둠 사이에
감추졌던 반지가 나타났더라.
성삼위의 약속을 아는 자,
시간 너머의 약속을 기억하는 자는
마침내 약속의 문에 다다랐느니라.

그 반지는 차원을 잇는 문,
성삼위의 숨결이 하나로 녹아든
비밀의 윤환이었도다.

용은 알았도다. 이 문을 넘는 순간
세상의 질서가 새로 쓰여질 것을.
그는 준비되어 있었으니 그의 비늘엔
진실이 새겨지고 날개엔 순종이 감돌며
눈동자엔 빛의 언약이 타오르도다.
그 문은 믿음과 사랑과 용서로
통과할 수 있었더라.

용은 모든 것을 품고 문 안으로 들어가더라.
빛이 그를 감쌌고 그 문은 조용히 열려
다음 세계의 첫 숨결이 흘러 나오기
시작했더라.

용이 반지를 지니매
용의 머리가 빛 속에 잠기고,
그 빛 속에서 한 사람이 나타났으니.
그는 붓을 들고 있었고 그의 옷자락에는
바람이 머물렀으며 그의 머리에는
태양빛 같은 빛이 있더라.

그의 손에 쥔 붓은
무기보다 강하였고 칼보다 깊었고
말보다 선명하였도다.

붓 끝에서 터지는 빛이 반지의 문을 넘자
차원이 뒤섞이고 과거와 미래가
숨을 멈추며 새로운 이야기가 시작 되었더라.
이는 창조라.

환상이 아닌 예언을 이룬 것이었으며,
세상 속 모든 파괴된 조각을
다시 그릴 자가 나타났음을 알리는
사건이었도다.

그는 "평화"라는 이름의 그 소년이더라.

그가 붓을 들고 반지를 지나매,
용의 몸은 찬란한 빛 속에 잠기더니
하나, 둘, 그리고 무수히 많은 신부들로
피어나더라.

그녀들은 부드럽고 선명한
색색의 아름다리 옷을 입었고,
각자의 손에 믿음의 등불을 들고 있었더라.
사랑의 불꽃이 환하게 타오르고 있었더라.
그 빛은 믿음과 온유와 사랑의 빛이었더라.

그녀들은 곧 그였고, 그는 곧 그들이었으며
이는 하나가 나누어진 것이요.
나뉜 자들이 다시 하나로 돌아가는
예언의 완성이었느니라.

그 반지의 문을 넘은 자는 신부들이 되어
세상에 빛을 심기 위해
보냄 받은 자들이었도다.
그 날 하늘은 노래하였고, 차원은 열렸으며
빛나는 이름들 속에서
평화의 이름은 수없이 불리워졌더라.

용이 반지를 완전히 통과하매,
용의 형상은 사라지고 그 자리에는
평화의 사람들이 완연히 있도다.
평화의 손엔 크고 묵직한 붓이 들려 있었고,
그 붓을 휘두를 때마다 하늘의 글이
바람을 가르며 공간 위에 새겨졌더라.

그는 "사랑과 평화"의 언약을 써 내려갔고,
신부들은 등불을 들고 원을 그리며
춤을 추었더라. 그 춤은 예뻐이며
그 등불은 천 년간 꺼지지 않고 비추리라.

말씀은 살아 있는 진리, 움직이는 창조,
사람의 뇌리에 새겨지는 계시였으니,
빛의 말씀은 지구 곳곳에 등불과 함께
퍼져 나갔더라. 하늘과 땅은 하나로 엮였고
새 세상은 다시 그려지고 있었도다.
새 세상의 시작이니라.

"노래의 이름은 사랑.
이제 말씀은 쓰였고, 빛은 나아간다.
세상은 다시, 처음처럼 아름답다."

하늘 보좌 위, 세 분이 함께 계시도다.
미소를 띠셨고, 부드러운 숨결로 감싸
안으셨으며, 깊은 눈으로 바라보셨도다.

삼위의 손에는
하나의 둥근 빛, 지구라 불리는
푸른 별이 있었고, 평화는 그 안에서
'사랑과 평화'를 써 내려가고 있었도다.

붓 끝에서 흘러나오는 광휘는 하늘까지
닿아 삼위의 눈동자에 반사되어 빛났으니,
이는 단순한 글이 아닌 예언의 성취이며,
말씀이 몸이 되어 돌아온 장면이었더라.

"그는 우리의 뜻을 깨달아 우리의 마음을
세상 위에 적었도다. 그는 우리의 이름을
기억하였도다. 이 땅은 나의 사랑, 나의 신부.
내가 너를 새롭게 할지니, 나와 사랑하며
천년 동안 아름답게 빛날지어다."

하늘과 땅은 조용히 숨을 들이쉬며
새로운 언약의 완성을 기뻐하였도다.

평화는 지구 공중에 섰도다.
하늘로부터 받은 말씀의 붓을 두 손에
들고, 온몸과 마음과 영혼까지 다하여
"사랑과 평화"의 글을 하늘 가득, 땅 위에,
사람들의 마음 위에 쓰내려갔느니라.

그의 글씨는 한 글자마다 천년의 빛을
담았으며, 붓 끝에서 번져 나온 말씀은
세상의 어둠을 조용히 꿰뚫었고,
온 인류의 심장을 향해 노래하였느니라.

이 말씀이 땅 끝까지 쓰여지면,
사람들은 그 문장을 따라 걷게 되리니,
모든 세대가
그 위에서 살아가리라.

그는 붓을 멈추지 않으며
하늘과 땅 사이에서
끝없이 평화를 쓰내려가더라.

사랑으로 가득찬 새 하늘과 새 땅은
영원히 아름답게 빛나리라.

– 마무리 글 –

"평화를 소망하는 자의 고백"

세상 곳곳에는 사상의 대립과 전쟁이 끊이지 않고 확산되어 불같이 타오릅니다.
우리는 앞으로 나아가지 못한 채 극단적인 정체(停滯)에 갇혀 있습니다. 이제는 끝났겠지 했던 문제들도 다시 고개를 들고 야수같이 나오는 것을 보면, '끝난 것이 끝난 것이 아니었구나' 라는 생각을 하게 됩니다. 언젠가는 야수의 시대가 끝나고 평화와 번영의 시대가 반드시 올거라 생각합니다.
폭력적이고 살인적인 세상이더라도 평화를 붙잡는 사람들이 있기 때문이죠.

저는 작가로서 스스로에게 묻곤 했습니다.
"내가 앞으로 해야 할 작업은 무엇인가."

그 질문 앞에 떠오른 주제 중 하나가 바로 '통일' 이었습니다.
저는 탈북자가 아니며, 북한과 연결된 어떠한 사회활동 이력도 없습니다.
그럼에도 마음 깊은 곳에는 오랫동안 통일이라는 소망의 씨앗이 심겨 있었습니다.
그 씨앗은 대학 2학년 때 본 다큐멘터리로 인해 움트기 시작했습니다.

그 작품은 서양인의 시선으로 북한의 현실을 담아낸 다큐멘터리였고, 표현의 자유를 빼앗긴 북한 예술가들의 삶을 보여주었습니다.
그들에게 허락된 예술은 독재자를 위한 찬양뿐이었습니다.
그들은 답답함과 고통 속에서 자유를 꿈꾸었고, 끝내 탈북에 성공하기도 했습니다.
하지만 탈북에 실패한 이들은 감옥에 던져져 인간됨을 빼앗기는 삶을 강요당했습니다. 그 참혹한 현실은 제게 큰 충격을 주었고, 자유와 예술, 그리고 인간 존엄의 본질을 깊이 통찰하게 했습니다.

그때부터 저는 그들이 마음껏 외치고, 마음껏 표현하며, 맛있는 음식을 자유롭게 즐기고 행복해하는 모습이 보고 싶어졌습니다. 또한 남한의 사람들이 국경을 넘어 세계를 자유롭게 오가는 모습도 꿈꾸게 되었습니다.

저에게 통일은 결코 정치적 구호가 아니었습니다. 그것은 인간의 자유와 생명, 존엄을 향한 갈망이었고, 언젠가는 반드시 풀어야 할 숙제였습니다. 오랫동안, 이 숙제를 어떻게 표현할 수 있을지 고민했습니다.

그러던 중, 2023년 어느 날, 시대의 흐름과 현실 속에서 영감이 떠올랐습니다. 바로 통일에 대한 염원을 그림과 글로 새기라는 것이었습니다.
그 안에 담긴 메시지는 "평화와 회복, 그리고 그 너머의 통일과 찬란한 대한민국. 평화의 세계"였습니다.
비록 작고 연약한 시작일지라도, 이 책을 읽는 이들 중에 미래의 대한민국을 꿈꾸는 이가 하나라도 더 늘어난다면 그것이 행복입니다.

대한민국을 비롯한 세계 곳곳에서 서로를 이해하고, 용서하며, 회복을 넘어 마침내 진정한 연합에 이르길 간절히 소망합니다.
껍데기뿐인 화합이 아닌, 잡철과 불순물이 모두 녹아내리고 금과 금이 만나 더욱 빛나는 정금이 되듯, 진정한 하나 됨이 이루어지기를 바랍니다.

나는 믿습니다.
진심은 영혼에 닿고 역사를 움직입니다.
통일을 진심으로 바라는 한 사람의 이 마음이, 이 땅이 다음 단계로 도약하는 작은 불씨가 되기를 바랍니다.
나아가, 전 세계에 평화의 질서가 함께 세워지기를 소망합니다.

평화라는 이름의 소년

글,그림: 새늘
펴낸이: 새늘
펴낸곳: SAEHO STUDIO
E-MAIL: saeho-studio@naver.com

© 2025 Saeneul (SAEHO STUDIO) All rights reserved.
이 책에 실린 모든 그림과 글의 저작권은
작가에게 있으며, 저작권법에 따라 보호받습니다.
허가 없이 이 도서의 일부 또는 전부를
복제, 배포, 전송, 출판하는 행위를 금합니다.

저작권 등록번호: 제C-2025-016527호
ISBN: 979-11-992515-0-2

초판 1쇄 발행: 2025년 5월 22일